Mi amiga Berta

Berta monta en bici

Una historia de **Liane Schneider**
con ilustraciones de **Eva Wenzel-Bürger**

Traducción y adaptación
de Teresa Clavel y
Ediciones Salamandra

salamandra

¡Ring, ring, ring!, se oye en el parque. Es Ana, que, orgullosa, aparece con su bicicleta azul. Lleva un precioso casco amarillo y parece que se divierta de lo lindo. Berta, en cambio, sigue yendo en su viejo patinete...

En casa, Berta tiene un triciclo rojo y verde que había usado muchísimo, pero ya se le ha quedado pequeño. También tiene un coche que antes le encantaba, pero ¡es para bebés! Mamá quiere que se lo regale a Max, su hermanito. Pero a Berta no le gusta la idea. En cambio, si tuviera una bicicleta, como Ana, seguro que se lo daría inmediatamente.

Hoy, Berta va a montar por primera vez en bicicleta, porque Ana le presta la suya. La bici se inclina cada vez que intenta subirse a ella y Ana tiene que ayudarla. Cuando empieza a circular, se bambolea hacia los lados... ¡Berta se agarra al manillar con todas sus fuerzas!
—¡Cuidado! ¡La valla! —la avisa Ana.
—¡¿Cómo se frena?! —grita Berta.

¡PATAPUM! Demasiado tarde: ha chocado contra la valla. Por suerte, no ha pasado nada grave. A Berta le sangra un poco la rodilla y se va a casa llorando. Allí, mamá le cura la herida y le pone una tirita mientras la tranquiliza: un día, ella también sabrá ir en bici.

De hecho, muy pronto será su cumpleaños... ¡Ya sabe qué pedirá! ¡Una bicicleta! Está tan ilusionada que, cada vez que pasan por delante de la tienda de bicis, se para frente al escaparate. Le gustan todas: la rosa y morada, la azul y plateada... Aunque su preferida es una roja con un timbre precioso. Además, lleva un par de ruedecitas detrás, con las que seguro que es muy difícil caerse.

A mamá también le parece chulísima. Un sábado, Berta quiere ir a mirarla con papá. Pero, cuando llegan a la tienda, ven que ya no está en el escaparate. ¡Qué mala suerte!

La víspera de su cumpleaños,
a Berta le cuesta dormirse.
¿Le regalarán papá y mamá
una bicicleta?

«¡A ver qué pasa mañana!», piensa antes de dormirse al fin. A la mañana siguiente, se despierta temprano y va corriendo al salón. ¡Ahí está! ¡La bicicleta roja con su maravilloso timbre! Y no sólo eso, ¡también hay un casco rojo brillante! Berta abraza muy fuerte a papá y mamá para darles las gracias, y les pide que se vistan lo más rápido posible: ¡tiene muchísimas ganas de probar la bici nueva!

Un rato después, toda la familia sale de casa. Papá coloca el sillín a la altura adecuada para Berta y la ayuda a ponerse el casco. Entonces, le explica qué hay que hacer para frenar...

—Esto es muy importante —le dice papá—. Debes frenar en cuanto llegues al bordillo, porque por la calzada pasan coches y es peligroso. De todas formas, Berta ya sabe lo importante que es frenar: aún tiene una costra en la rodilla... Ahora está preparada para volver a intentarlo: empieza a pedalear y lo hace muy bien, ¡la bici no se bambolea!

Berta se pasa toda la mañana practicando con su nueva
bicicleta. Después de comer, le da una sorpresa a su
hermanito: le regala su coche rojo y verde.
—¡Coche, coche! —dice Max, encantado, y se monta
rápidamente en él.
Berta le enseña a avanzar impulsándose con los pies,
y Max aprende enseguida a hacerlo. Pero girar el volante
ya es un poco más complicado. ¡Menos mal que *Miau* está
muy atento para evitar cruzarse en su camino!

Berta se siente muy mayor con su nueva bici.
Hasta que, un día, los niños mayores que ella
llevan la bicicleta al colegio, porque les van
a enseñar el código de circulación. Entonces
Berta se da cuenta de que ninguno lleva
ruedecitas pequeñas... ¡Ya está!, ¡decidido! Ella también empezará a
ir en una bici sin ruedas pequeñas. Pero ¿cómo va a hacerlo? ¿Tendrá
que pedir una bici sin ruedecitas para su próximo cumpleaños?
¡Todavía falta mucho tiempo!

Cuando se lo cuenta a mamá, ésta la tranquiliza: es muy fácil, sólo hay que quitarle las ruedecitas a su bicicleta.

Una vez han hecho el cambio, Berta tiene un poco de miedo.

—No te preocupes —le dice papá—, yo la sujetaré por el sillín y correré a tu la

Berta apoya los pies en los pedales, la bicicleta avanza y todo va bien.

—¡Ya está, papá! ¡Ya me aguanto! —exclama Berta, y se da la vuelta.

Entonces, ve que papá ya no está sujetando la bici. Sorprendida, pierde el equilibrio... y se cae. ¡No es nada fácil circular en bici como los mayores!

Ahora es mamá quien va a ayudarla.

—Voy a sujetar yo la bici, y te prometo que no la soltaré —le dice.

Pero tendrá que correr mucho, porque Berta va muy deprisa.

La verdad es que este sistema funciona muy bien: ¡Berta se siente cada vez más segura! Pronto deja de necesitar que alguien la sujete. ¡Ya está, Berta sabe montar en bici! Aunque, de vez en cuando, todavía se cae...

Para avanzar en el aprendizaje, se entrena haciendo lo mismo que vio hacer a los niños mayores. Dibuja con tiza un ocho gigante en el suelo e intenta seguir la línea. ¡No es tan fácil como parece! Pero muy pronto sabrá esquivar a papá, mamá, Max y *Miau*. ¡Y sin parar! Max está asombrado.

Una tarde, Berta y Ana tienen una idea genial. En la zona de arena del parque, colocan varios objetos en el suelo. Se proponen pasar entre las palas, los cubos y los demás objetos sin tocarlos. Entonces, en una curva cerrada, ¡ay! El pedal de Ana roza el suelo, y Ana resbala y se cae. Cuando ve que le sangra el codo, se asusta y empieza a llorar. Deciden ir juntas a casa de Berta. Allí, su mamá le curará el codo, igual que le curó a ella la rodilla. «Realmente —piensa Berta—, ¡hay que ir con cuidado aunque se tenga mucha experiencia!»

Ahora que Berta circula tan bien en bicicleta, un domingo hacen
una excursión en bici todos juntos: Max va sentado en el asiento
para niños, detrás de papá, y Berta en su bicicleta... ¡sin ruedecitas!
Y cuando mamá, que va delante, extiende el brazo para indicar que
quiere girar, Berta la imita: ¡cuántas cosas ha aprendido!

Título original: *Conni lernt Rad fahren*

© Carlsen Verlag GmbH, Hamburgo, 1999
www.carlsen.de
Copyright de la edición en castellano © Ediciones Salamandra, 2014

Derechos de traducción negociados a través de
Ute Körner Literary Agent, S.L. Barcelona - www.uklitag.com

Publicaciones y Ediciones Salamandra, S.A.
Almogàvers, 56, 7º 2ª - 08018 Barcelona - Tel. 93 215 11 99
www.salamandra.info

ISBN: 978-84-9838-585-4
Depósito legal: B-3.063-2014

1ª edición, marzo de 2014 • *Printed in Spain*

Impresión: EGEDSA
Roís de Corella 12-14, Nave I. Sabadell